La malédiction du Nil

Depuis plusieurs semaines, Mémé décrit l'Égypte et ses merveilles à Titi et à Sylvestre. Aujourd'hui, ils arrivent enfin dans ce beau pays, où les attendent des mystères qui dépassent leur imagination.

Sous une chaleur accablante, ils longent les berges du Nil en direction de la pyramide mystique, au sujet de laquelle circulent d'étranges histoires.

—Cette pyramide renferme l'une des plus grandes énigmes au monde, explique Mémé.

« La belle affaire ! La seule énigme qui m'intéresse, c'est de savoir comment attraper ce canari », pense Grosminet.

« Z'espère qu'il va me laizer tranquille, pense Titi. Il fait trop saud pour avoir des ennuis avec ze rominet. »

Mais les choses vont se gâter !

—C'est tellement grand ! halète Mémé en contemplant
la pyramide.

—Et tellement étrange ! ajoute un homme qui surgit à ses côtés.

L'homme, qui porte un monocle, la regarde de ses yeux railleurs. Avec une révérence et un claquement de talons, il salue Mémé :

—Quel plaisir de faire votre connaissance, Madame. Je me présente : Sherman Schmutz, grand détective.

—Je suis ici pour résoudre le mystère de la malédiction du Nil, poursuit-il. Et retrouver le prince Ali Bari disparu depuis des lustres.

—Il y a sept ans, le jeune prince s'est aventuré à l'intérieur de la pyramide. Avant de disparaître, il a dit : « Il vous suffira d'envoyer quelqu'un me chercher pour que je revienne. » Mais depuis ce jour, personne n'a jamais revu le prince. Cette disparition est une véritable énigme.

—Certains pensent que seule une malédiction peut expliquer la disparition du prince, raconte M. Schmutz. Ils m'ont engagé pour retrouver le prince, car je suis un grand détective. Et je trouverai la solution à ce mystère !

Titi observe le beau parleur, puis annonce :

—Ze parie que ze trouverai le prince avant lui.

—Toi, trouver le prince ? s'exclame Sylvestre. Mais tu ne trouverais même pas ton propre reflet dans un miroir !

—Ze peux le trouver moi auzi, insiste Titi.

Et il s'envole dans la pyramide mystique, Grosminet à ses trousses.

Dans la pyramide éclairée par des chandelles, Titi s'engage dans une suite de galeries avec Sylvestre sur ses talons.

—Tu n'arriveras jamais à sortir d'ici, oiseau stupide, crie le chat derrière lui. Tu vas croupir ici tout seul !

La pyramide est remplie de galeries qui s'entrecroisent et qui aboutissent soudainement sur un mur.

— Oh, oh ! Comment ze vais faire pour ésapper à Rominet ? marmonne Titi lorsqu'il se retrouve une fois de plus dans un cul-de-sac.

—Ne devrions-nous pas les suivre ? demande Mémé au détective Schmutz à l'extérieur de la pyramide. Je n'aime pas les laisser tout seuls.

Schmutz hoche la tête.

—Si personne n'a réussi à retrouver le prince, comment pouvez-vous espérer retrouver un chat et un canari ? Venez, allons les attendre à la sortie de l'autre côté.

À l'intérieur de la pyramide, Titi cherche une issue. Bien qu'il ait découvert de nouveaux passages et exploré d'autres parties de la pyramide, il n'a trouvé aucun signe du prince Ali Bari.

Et maintenant, Titi va devoir faire face à de gros ennuis.

Soudain, avec la force d'une tornade, Grosminet fonce tête baissée sur le canari.

—Te voilà enfin ! gronde le chat en montrant les dents.

Pattes tendues, griffes sorties, Sylvestre bondit sur le canari terrorisé. Titi pousse un cri et…

...esquive le coup !

Sylvestre vole par-dessus le canari accroupi et s'écrase contre le mur derrière lui. *BOUM !* Le chat s'effondre sur le sol.

Sylvestre reste sonné sur le carreau et Titi, debout près de lui, se demande quoi faire.

« Ze peux pas le laisser là, songe-t-il. Ze zerait trop cruel !
Il ne retrouverait zamais la zortie. »

Titi aide Sylvestre à se relever et s'enfonce avec le chat étourdi
dans un passage… qui devrait les conduire dehors, espère-t-il.

Les deux compères trouvent la sortie et rejoignent Mémé et le détective Schmutz à l'air libre.

— Vous voyez, s'exclame Schmutz, tout sourire. Ça n'a pas été long. À mon tour maintenant d'explorer la pyramide et de résoudre le mystère.

En regardant autour de lui, Titi comprend soudain où se trouve le prince. Ce n'est pas à l'intérieur de la pyramide mystique qu'il se cache.

Quelques instants plus tard, Titi revient accompagné d'un homme portant une coiffe et une très longue barbe. Il s'agit du prince Ali Bari disparu depuis si longtemps.

—Cela fait sept ans que j'attends qu'on vienne me chercher, explique le prince à Mémé, à Sylvestre et au détective Schmutz. Finalement, c'est le canari qui m'a retrouvé.

Une grande fête est organisée au palais du prince.

—Titi est le seul à avoir vu la DEUXIÈME pyramide ! révèle Mémé à tous les invités.

—Pourquoi ne tient-elle pas sa langue? bougonne Grosminet.

—Pourquoi ne peut-elle pas se taire ? ajoute le détective Schmutz.

« Parce qu'elle est ma Mémé adorée », pense Titi, pendant que la foule applaudit et acclame le canari grand détective.